구해줘! 홍쓰

1 남동생이 태어나게 해주세요

구해줘! 홍쓰

1 남동생이 태어나게 해주세요

초판 1쇄 인쇄 2025년 6월 13일 | 초판 1쇄 발행 2025년 6월 20일
글 노수미 | 그림 서영경 | 펴낸이 박미경
펴낸곳 마루비 | 출판등록 제2016-000014호 | 주소 서울특별시 마포구 마포대로 33 오동 2310호
전화 02-749-0194 | 팩스 02-6971-9759 | 전자우편 marubebooks@naver.com

ISBN 979-11-91917-65-9 74810
ISBN 979-11-973408-8-8(세트)

이 도서의 국립중앙도서관 출판예정도서목록(CIP)은 서지정보유통지원시스템 홈페이지에서 이용하실 수 있습니다.

구해줘! 홍쏜

1 남동생이 태어나게 해주세요

노수미 글 서영경 그림

마루비

차례

전설의 공인중개사 홍쓰

두꺼비 홍쓰는 오늘도 바빠. 이곳저곳에서 홍쓰를 부르기 때문이지.

"쳇! 오늘도 나 님을 찾는 곳이 너무 많군."

홍쓰는 기지개를 시원하게 켜고는 천천히 일어나 침대 밖으로 나왔어. 화장실로 가서 세수를 하고 로션도 톡톡 발랐지. 옷장에서 편안하면서도 단정해 보이는 바지와 셔츠를 꺼내 갈아입었어. 편한 옷을 입어야 동굴 속이든 물속이든 쉽게 갈 수 있거든. 마지막으로 거울을 보며 어깨띠를 둘렀어. 어깨띠에는 '집을 구해 드려요'라고 적혀 있었지.

홍쓰의 직업이 궁금하지 않아? 홍쓰는 '공인중개사'야.

그게 뭐냐고? 집이 필요한 이들에게 새로운 집을 소개해 주는 일이야. 조상 대대로 홍쓰네 집은 공인중개사 일을 했어. 홍쓰네 가문이 얼마나 유명했냐면 노래까지 만들어졌다니까. 이 노래를 너희도 한 번쯤 들어봤을 거야.

♬ 두껍아 두껍아 헌 집 줄게. 새집 다오~

어때? 들어봤지?

홍쓰는 새집을 소개해 주고 대신 헌 집을 맡아서 관리해. 그 헌 집을 잘 고쳐서 필요로 하는 다른 이들에게 소개해 주지. 그러니 시시때때로 홍쓰를 찾는 친구들이 많다니까.

"바쁘다. 바빠."

홍쓰는 노트를 쫙 펼친 채 오늘 가야 할 집들을 살펴봤어. 아침부터 서둘러야 다 둘러볼 수 있을 것 같았거든.

출근 준비를 마친 홍쓰가 현관문을 딱 열었는데, 아니 이게 뭐야? 문 앞에 엄청나게 많은 바다거북이가 몰려와 있지 않겠어? 한 50명 정도 되는 것 같았어.

"누, 누구신가요?"

당황한 홍쓰가 말을 더듬었어.

"전설의 공인중개사 홍쓰 님이신가요?"

맨 앞에 있던 거북이가 물었어.

"네. 제가 홍쓰 맞습니다만."

"드디어 찾았어!"

거북이들은 일제히 손을 들어 환호했지. 이유를 알 수는 없었지만, 환영을 받으니 일단 기분은 좋았어.

"그런데 왜 저를 찾아오셨나요?"

홍쓰가 조심스럽게 물었어. 그러자 맨 앞에 있던 거북이가 덥석 홍쓰의 손목을 붙잡는 거야.

"홍쓰 님! 저희를 도와주세요!"

거북이들은 간절한 표정을 지으며 홍쓰 주위로 몰려들었어. 마치 거북이에게 포위당한 듯한 상황이 되었지.

"워워! 가까이 오지 마시고 이야기해 보세요."

홍쓰가 손을 내저으며 안전거리를 확보했어. 그

러자 맨 앞에 있던 거북이가 다시 입을 열었어.

"저는 초초라고 합니다. 바다거북 가족의 첫째 딸이에요."

"그러면 여기 온 여러분이 모두 가족입니까? 이렇게 많이요?"

"맞아요. 우리는 대가족이에요. 우리 어머니는 알을 낳으면 한 번에 100개~150개 정도 낳거든요."

거북이들이 서로의 얼굴을 바라보며 씩 웃었지.

"대가족은 언제나 보기 좋지요."

홍쓰도 입을 해죽 벌리며 웃더니 갑자기 손가락을 부딪쳐 딱 소리를 내는 거야.

"여러분의 고민이 뭔지 알겠어요. 형제가 많아서 방이 부족한 거군요. 저한테 방이 많은 집을 구해 달라고 찾아온 것이지요? 걱정하지 마세요. 제가 대가족이 살 만한 커다란 집을 많이 알고

있으니까요."

홍쓰는 만족스럽다는 듯 씩 웃었어. 자기의 추리
실력이 자랑스러웠던 거야. 그러면서 항상 가지고
다니는 노트를 쫙 펼쳤어. 거기에는 이사 갈 수 있
는 집의 주소와 인테리어까지 몽땅 다 적혀 있었지.

"홍쓰 님. 저희의 고민은 그게 아닌데요."

거북이들은 잘못 짚었다는 듯 고개를 절레절레
흔들었어. 민망해진 홍쓰가 갑자기 기침을 큼큼
했어.

"그래요? 그럼……. 아! 맞다. 부엌이 큰 집을 원
하는군요. 대가족이 다 같이 식사하려면 커다란
냉장고가 있어야겠네요. 식탁도 아주 커야겠고요."

홍쓰를 바라보는 거북이들의 눈빛이 달라졌어.
여기저기에서 수군대는 소리도 들렸어.

"전설의 공인중개사라더니 아닌 것 같은데?"

"그러게 말이야."

들리는 소리에 당황한 홍쓰의 얼굴이 빨개졌어. 홍쓰는 골똘히 생각하기 시작했지. 거북이 자매들이 단체로 몰려와 집을 구해 달라고 하는 이유가 뭘까? 하지만 아무리 생각해도 떠오르는 게 없었어. 홍쓰는 슬며시 눈을 뜨고는 모든 것을 다 알지만 가르쳐 주지 않겠다는 태도로 말했어.

"저는 조상 대대로 집을 구해 준 전설의 공인 중개사로서 여러분이 왜 왔는지 다 안답니다. 하지만 여러분이 여기까지 힘겹게 왔으니 직접 말할 기회를 주겠어요. 한 번도 발표 안 한 거북이부터 손 들고 말해 보세요."

그 말에 초초의 뒤에 있던 두두가 손을 번쩍 들었어.

"저는 둘째 두두입니다. 저희가 온 이유는요,

앞으로 태어날 동생들 때문이에요."

그때 홍쓰의 머릿속에 스치고 지나가는 게 있었어.

"알겠어요. 아기 거북이가 태어나면 밤새 울고 시끄럽게 하니까 방음이 잘 되는 집이 필요하다는 거죠?"

하지만 홍쓰를 바라보는 거북이들의 눈빛은 냉랭하기만 했어.

"흠흠."

홍쓰는 괜히 헛기침을 해 댔지. 보다 못한 초초가 나서서 말했어.

"지금 저희 엄마와 아빠가 알을 낳으려고 이 근처 바다에서 기다리고 있어요. 저희는 엄마가 알을 낳을 집이 필요해요."

그러면서 가까운 바다 쪽을 가리켰지.

"아! 알을 낳을 집이요? 그런 집이라면 아주 많답니다. 어떤 집을 원하나요?"

홍쓰가 노트를 꺼내자마자 누군가 소리를 치며 달려왔어.

"엄마가 진통을 시작했어. 곧 알을 낳을 것 같아. 시간이 없어!"

거북이들의 눈이 커다래졌어.

"빨리 가 보자."

거북이들은 홍쓰의 팔을 붙잡고 엄마가 있는 바닷가 쪽으로 달리기 시작했지.

홍쓰와 거북이들이 바닷가에 도착했을 때 엄마 거북이는 모래밭으로 올라와 있었어. 괴로운지 온몸을 부르르 떨면서 말이야. 엄마의 옆을 아빠가 지키고 있었지.

"엄마! 저희가 홍쓰 님을 데려왔어요!"

거북이들이 엄마의 떨리는 몸을 비벼 대며 진정시키고 있었지. 홍쓰가 한 걸음 앞으로 나아갔어. 홍쓰를 본 거북이 엄마가 눈물을 흘렸어.

'나를 만난 게 이렇게 반가운가?'

홍쓰는 먼저 "에헴!" 하고 헛기침을 한 뒤 말했지.

"저는 전설의 공인중개사 홍쓰입니다. 산이든 바다든 원하는 집이 있으면 말씀만 하세요. 제가 꼭 구해 드립니다."

그러면서 주머니에서 나뭇잎 명함을 꺼내 거북이 엄마한테 내밀었어. 명함을 받으려던 거북이 엄마가 진통으로 얼굴을 찡그렸어.

"홍쓰 님. 엄마가 괴로워해요. 엄마가 알을 낳을 수 있는 집을 빨리 찾아주세요."

"오! 어떤 집을 구해 드릴까요?"

"땅속이요."

초초가 다급한 목소리로 말했어.

홍쓰도 사태가 심각하다는 것을 알고는 얼른 노트를 펼쳤지. 그리고 빈집을 찾기 시작했어.

"오! 여기가 좋겠군."

홍쓰가 손가락으로 노트의 한 곳을 탁, 치면서 말했지.

"제가 알을 낳을 수 있는 곳을 찾았습니다. 얼른 갑시다."

홍쓰는 거북이 엄마와 자매들을 산 쪽으로 데리고 갔어.

이집과 저집

　홍쓰가 거북이들을 데리고 간 곳은 곰의 집이었어. 정확히 말하면 동굴이었지.

　"이곳의 장점은 집주인인 곰과 마주칠 일이 없다는 겁니다. 곰은 겨울에만 이곳에 오거든요. 어차피 지금은 여름이고요. 알에서 아기 거북이들이 태어난 뒤에 곰이 겨울잠을 자러 올 거라 알도 무사할 겁니다."

홍쓰는 집 안의 인테리어를 계속 소개했지. 엄마 곰이 겨울잠을 자면서 아기 곰을 출산할 때 쓰는 아기 침대랑 젖병도 있었어. 포근한 이불과 베개까지 모든 게 갖춰져 있는 집이었어.

"어때요? 이 집을 선택하시겠습니까?"

그 말에 엄마 거북이가 고개를 절레절레 흔들었어.

"거북이 알이 제대로 자라려면 흙이 있어야 해요. 흙 없이 이런 바위만 있는 동굴에서는 아기 거북이들이 제대로 자랄 수 없어요."

그 말에 홍쓰가 다시 노트를 꺼냈어.

"흙이 있는 곳이면서 땅속일 것. 흠, 여기는 아니군."

홍쓰가 노트를 이리저리 뒤적이는 동안, 엄마 거북이의 진통은 더 심해지는 것 같았어.

"홍쓰 님. 빨리 찾아주세요!"

"네. 그럼 두 번째 집으로 이동하지요."

홍쓰는 서둘러 두 번째 집으로 향했어. 홍쓰가 도착한 곳은 산기슭에 있는 토끼네 집이었지.

"여러분이 말한 땅속에 있고, 흙이 있는 곳이랍니다. 여기는 토끼가 흙을 파서 만든 곳이라 조금만 문지르면 바로 흙이 무더기로 쌓입니다. 그러니 여기에 알을 낳으면 어떨까요?"

힘들게 찾아간 곳이 토끼네 집이라는 것을 안 거북이 엄마의 얼굴이 하얘졌어.

"바다랑 너무 멀면 안 돼요."

"왜요?"

초초가 어두운 표정으로 말했어.

"저희 바다거북은 정말 느려요. 특히 알에서 깨어난 아기 거북은 크기도 작고 느려서 너구리나

까마귀가 호시탐탐 노리고 있어요. 그러니 알에서 깨어나면 정신없이 바다로 가야 해요. 새들한테 발각되면 바로 잡아먹히거든요. 바다까지 가는 거리가 너무 멀면 동생들은 바다에 도착하기도 전에……."

초초가 옛 생각이 나는지 말을 끝맺지 못했어. 갓 태어난 아기 거북이였을 때의 무서웠던 기억이 떠올랐나 봐.

두 번째 집도 아니라고 하니 홍쓰는 기분이 조금 나빠졌어.

"좋습니다. 그럼 다른 곳으로 갑시다."

홍쓰는 거북이 가족을 다시 바닷가로 이끌었어. 이번엔 파도가 들이치는 모래밭이었지.

"어때요? 여기가 최고죠? 모래도 있고 바다 앞이라 알에서 태어난 아기 거북이들이 바로 바닷

속으로 들어갈 수 있잖아요."

홍쓰가 만족스럽다는 듯 웃었어. 하지만 이번에도 거북이 가족은 실망한 얼굴이었어.

"안 돼요. 거북이 알은 물속에 잠기면 숨을 쉬지 못해서 그대로 썩어 버려요. 여기는 파도가 치는 곳이라 알이 물에 잠겨 버린다고요."

자꾸 안 된다고 하니 홍쓰도 기분이 팍 나빠졌어.

"이봐요! 이것도 안 된다, 저것도 안 된다. 자꾸 반대만 하면 어떻게 합니까? 앞으로는 직접 알아보세요! 저는 그만두겠습니다."

기분이 상한 홍쓰가 등을 돌리고 가려는 순간 초초가 다시 홍쓰를 붙잡았지.

"죄송해요. 홍쓰 님. 저희가 조상 대대로 알을 낳는 모래밭이 있는데요, 그곳과 비교해서 이곳의

환경이 좋지 않아서 그렇게 말씀드린 거예요."

이 말을 듣고 홍쓰는 버럭 소리를 질렀지.

"아니! 조상 대대로 알을 낳는 곳이 있다면 거기로 가지 왜 절 찾아오셨나요? 저는 그렇게 한가하지 않습니다."

홍쓰가 노트를 탁, 덮었어. 그리고 씩씩대며 돌아서려는데 갑자기 두두랑 거북이 자매들이 홍쓰의 앞을 가로막는 거야.

"왜 이래요? 얼른 비키세요."

그런데 거북이들이 홍쓰의 바짓단을 붙들면서 사정했어.

"홍쓰 님. 조상 대대로 알을 낳아 온 그 모래밭이 이상해요. 거기에 다시 알을 낳으면 어떤 문제가 생길지 몰라요."

"무슨 문제요? 제가 모르는 비밀이라도 있습니

까?"

"네. 그곳에 알을 낳으면⋯⋯."

초초가 말을 하다 말고 머뭇거렸어.

"왜요? 말해 보세요."

홍쓰가 아까보다 낮은 목소리로 물었어.

"그건⋯⋯."

초초가 머뭇거리자 두두가 대신 대답했어.

"거기 바닷가 모래에 알을 낳으면 딸만 태어나
요. 우리는 딸 부잣집이에요. 자매만 222명이라
니까요. 아들은 한 명도 없고요."

홍쓰가 갑자기 험악한 표정을 지었어.

"그러면 그동안 아들을 낳을 수 있는 곳을 찾
고 있었던 겁니까?"

"그건⋯⋯. 저희가 사정이 있어요. 그게 뭐냐
면⋯⋯."

"아니요. 당신들의 그 특별한 사정은 알고 싶지 않습니다. 저는 집을 알아봐 드리는 두꺼비일 뿐, 아들을 낳게 해드릴 능력은 없습니다. 정 그러시다면 삼신할머니를 찾아가세요. 그리고 시대가 어느 때인데 딸과 아들을 차별합니까?"

기분이 몹시 나빠진 홍쓰는 노트를 챙겨서 그곳을 빠져나가려고 했어. 그러자 거북이 자매들이 주춤거리면서 다시 홍쓰를 막아서는 거야.

"왜요? 제가 틀린 말 했습니까? 어서 비키세요."

홍쓰의 기세에 눌려 다들 조금씩 물러났어. 홍쓰는 뒤도 돌아보지 않고 성큼성큼 걸어가 버렸어.

모래밭의 온도

집에 돌아간 홍쓰는 욕조에 물을 받고 목욕을 시작했어. 그리고 〈정글 신문〉을 펼쳤어. 그런데 1면 에 놀라운 기사가 있었어.

> 딸만 태어나는 거북이 가족의 위기.
> 바다거북은 지구에서 영영 사라지게 될까?

홍쓰는 눈을 크게 뜨고 열심히 기사를 읽었어.

거북이 자매들이 말한 것처럼 이상하게 아들이 태어나지 않는다는 내용이었지. 앞으로 30년 후에는 남자 거북이가 없어서 결혼을 못 할 거래. 그러면 아기 거북이도 태어나지 못하고, 결국 바다 거북은 멸종할 거라는 무시무시한 이야기였어.

'이게 진짜로 모래밭 때문일까?'

신문을 보던 홍쓰는 고개를 갸우뚱했어.

'나는 전설의 공인중개사야. 고객들이 원하는 집을 찾아주는 게 내 임무지. 그러니 확인해 봐야겠어.'

홍쓰는 욕조에서 나와 다시 외출복으로 갈아입었어. 그리고 거북이 자매들이 조상 대대로 알을 낳았다는 그 모래밭을 찾아가 봤지. 그곳은 다른 곳과 별반 다르지 않았어.

'모래가 다 똑같은 모래지 뭐.'

홍쓰는 흥, 이라고 하고는 그대로 돌아섰어. 그
때 홍쓰의 눈에 모래가 아닌 작은 조각들이 들어
왔어. 홍쓰는 그것을 조심스럽게 들여다봤어.
'이게 뭐지?'

홍쓰가 집어 든 것은 아주 작지만 딱딱한 조각들이었어. 크기는 제각각이었는데 빨갛기도 하고, 파랗기도 하고, 노랗기도 했어. 그런 것들이 모래에 잔뜩 섞여 있었지.

홍쓰가 모래를 살피고 있자, 달랑게가 다가와 알은척을 했어.

"아니, 이게 누구십니까? 전설의 공인중개사 홍쓰 님 아니신가요?"

"저를 아세요?"

"그럼요. 예전에 우리 집을 알아봐 주셨잖아요."

그제야 홍쓰는 달랑게의 집게발이 들어갈 만한 집을 찾느라 고생했던 기억이 났지.

"맞아요. 이제 기억이 나네요."

달랑게를 향해 미소를 짓던 홍쓰가 갑자기 생각났다는 듯 다급히 물었어.

"이 모래밭에 오래 사셨죠?"

"그럼요. 이사 온 뒤부터 계속 살고 있는걸요."

"그럼, 최근에 달라진 게 있나요?"

"어떤 거요?"

"어. 저도 정확히 설명하기는 힘든데요. 좀 이상한 게 없었나요?"

그 말에 달랑게가 고개를 갸우뚱거리며 기억을 떠올리는 것 같았어.

"예전에 비해 이곳 모래밭에 오는 사람들이 많아졌어요. 쓰레기도 많고 시끄럽기도 하고요."

"그것 말고는 없나요?"

한참 생각하던 달랑게가 무릎을 탁, 치며 말했어.

"옛날에 비해 모래가 많이 뜨거워졌어요."

"뜨거워졌다고요?"

"네. 여름에 모래 온도가 정말 많이 올라가요.

그래서 참을 수 없을 정도로 더운 날에는 집 밖
으로 나가서 일부러 바닷바람을 맞는답니다.”
　　달랑게의 말에 홍쓰가 이마를 찌푸리며 생각했지.
　　'모래가 뜨거워져서 딸만 태어나는 걸까? 겨우

더워졌을 뿐인데 말이야. 아니야. 그럴 리가 없어.'

홍쓰가 고개를 절레절레 저었지.

그때 저쪽에서 웅성거리는 소리가 들렸어. 알을 낳으려는 엄마 거북이와 아빠 거북이였어. 홍쓰와 거북이 부부는 서로를 알아보고 깜짝 놀랐지.

"홍쓰 님이 여기는 왜?"

"아, 저는 그냥……. 산책을 나왔어요. 그런데 거북이 부부께서는 여기에 왜 오신 겁니까? 이 모래밭은 불길하다면서요."

놀리는 듯한 홍쓰의 말에 거북이 부부의 얼굴이 살짝 굳어졌어.

"저희도 많이 찾아봤지만 다른 적당한 장소가 없었습니다."

그때였어.

"아이고야. 여보! 알이 곧 나올 것 같아요."

엄마 거북이가 소리를 질렀어. 당황한 아빠 거북이가 손을 휘저으며 외쳤어.

"홍쓰 님. 모래를 파주세요."

홍쓰와 달랑게는 아빠 거북이가 시키는 대로 모래를 열심히 퍼 나르기 시작했어. 잠시 후 모래밭이 움푹 들어가자, 거북이 엄마가 힘겹게 그 위로 올라갔어. 그리고 알을 낳기 시작했어.

"나온다!"

거북이 알을 처음 본 홍쓰가 소리쳤어.

알은 꼭 탁구공처럼 생겼어. 거북이 엄마는 쉬지 않고 계속 알을 낳았어. 한 개, 두 개, 세 개……. 알이 하나씩 나올 때마다 홍쓰는 숫자를 셌어. 알은 121개였어. 그동안 엄마 거북이의 눈에서 눈물이 계속 흘러나왔어.

'많이 아픈가?'

홍쓰가 초조한 얼굴로 엄마 거북이를 바라봤어. 알을 다 낳고 지쳐 버린 엄마 거북이는 쉴 틈도 없이 뒷발로 모래를 뿌려 알을 덮었지. 잠시 후 알을 낳은 곳은 다른 모래밭과 똑같이 평평해졌어. 알을 무사히 낳은 엄마 거북이는 간절한 눈빛으로 말했지.

"홍쓰 님. 제 알들을 보살펴 주세요. 저희는 이제 바다로 떠납니다."

"네에? 저는 집을 구해 주는 공인중개사지 알을 보살피는 어린이집 원장이 아니라고요!"

홍쓰가 당황해하며 말했어.

"바다거북은 알을 낳고 다시 바다로 가야 해요. 그게 저희의 운명이죠. 홍쓰 님께서 우리 아기들을 위한 집을 꼭 구해 주실 거라고 믿어요."

엄마 거북이가 홍쓰의 두 손을 꼭 붙잡았어.

홍쓰는 엄마 거북이의 두 눈에서 흘러나오는 끈끈한 눈물을 보니 차마 거절할 수가 없었어.

"홍쓰 님. 아까는 화나신 것 같아서 다 말씀드리지 못했는데요. 우리 집뿐만 아니라, 요즘 태어나는 바다거북은 거의 다 딸이에요. 거북이도 여자와 남자의 숫자가 비슷해야 예쁜 아기를 낳을 수 있지요. 지금처럼 여자만 태어나고 남자는 태어나지 않으면 거북이들은 완전히 사라지고 말 거예요."

홍쓰는 신문에서 본 내용을 떠올리며 고개를 끄덕였지. 그리고 자세히 사정을 물어보지 못한 걸 후회했어.

"아까는 제가 성급하게 화를 내고 말았습니다. 정말 죄송합니다."

홍쓰의 말에 거북이 엄마가 괜찮다며 사과를

받아 줬지.

"저희는 홍쓰 님만 믿습니다."

거북이 부부는 이 말을 남기고 천천히 바다로 돌아갔어. 홍쓰는 그때부터 알을 돌보는 유모가 되어 버렸지.

알을 돌봐야 해

홍쓰는 약속대로 알을 돌보기로 했어. 날은 점점 더워지고 있었지. 홍쓰는 늘 가지고 다니는 온도계를 가방에서 꺼냈어. 전설의 공인중개사라면 온도계는 기본이지. 쾌적한 온도와 습도를 늘 체크해야 하거든.

홍쓰는 모래밭에 온도계를 푹 꽂고 잠시 후 온도를 확인해 봤어. 모래 온도가 32도를 가리켰어.

"이러다가 알에 문제가 생기면 어떻게 하지?"

홍쓰는 뜨거운 모래 때문에 이번에도 딸만 태어나는 게 아닐까 걱정이 되었어.

"나를 믿고 알을 맡겼는데 내가 이대로 있으면 안 돼."

홍쓰는 맨손으로 모래를 파내기 시작했어.

"으……, 뜨……, 뜨거!"

홍쓰가 팔짝 뛰었어. 피부가 약해서 금방 손이 빨갛게 되었지. 얼른 바다로 달려가 양손을 물에 푹 담갔어. 바닷물도 그리 차갑지는 않았지만, 손을 식히기엔 충분했지.

한참을 그러고 있던 홍쓰가 터덜터덜 거북이 알 쪽으로 다가갔어. 그런데 이게 뭐야? 갈매기 녀석이 하늘에서 뱅뱅 돌고 있는 게 아니겠어? 홍쓰가 지키고 있던 모래에 거북이 알이 있다는

것을 알아챈 거야.

"저 녀석이!"

홍쓰는 들고 있던 소중한 노트를 갈매기를 향해 휘둘렀어. 하지만 갈매기도 지지 않으려는지 커다란 날개를 퍼덕이며 밑으로 내려왔어.

"피해요!"

누군가 홍쓰를 밀쳤어. 그러고는 포크레인처럼 모래를 파내 갈매기가 있는 쪽으로 뿌렸어.

까옥!

갈매기가 알 수 없는 소리를 지르며 공중에서 날개를 크게 푸드덕거렸어. 눈에 모래가 들어갔나 봐. 갈매기는 몇 번 허우적대다가 날아가 버렸지.

"휴! 살았다."

심장이 반쯤 떨어져 나가는 줄 알았어. 그제야 홍쓰는 자신을 도와준 게 누군지 알았어. 해달 가족의 막내 '해해'였어. 해해는 늘 싱글거리며 웃어서 햇빛 같다고 다들 그렇게 불렀어.

"해해야, 고맙구나."

"아니, 뭘요."

해해가 멋쩍게 웃었어. 그러다가 모래가 반쯤

파헤쳐진 곳을 보며 물었어.

"여기에 거북이 알이 있죠?"

"그걸 어떻게 알지?"

홍쓰가 놀라며 물었어.

"저는 이 근처에 사니까 이런저런 소식들을 빨리 알 수 있어요."

그 말에 홍쓰가 한숨을 푹 쉬었어.

"엄마 거북이가 이 알들을 지켜 달라고 신신당부를 했어. 그런데 또 딸만 태어나면 내가 책임을 다하지 못한 게 되니 영 체면이 서지 않을 것 같구나. 그런데 달라진 것은 과거에 비해 모래가 뜨거워진 것뿐이라는데, 그것 때문에 진짜로 딸만 태어나는 것일까?"

홍쓰처럼 고개를 갸웃거리던 해해가 갑자기 외쳤어.

"그럼, 모래 온도가 올라가지 않게 해 봐요."

"어떻게?"

"미역과 다시마를 가져와서 바닥에 깔면 어때요? 그러면 그것들이 햇빛을 가려 주니 모래 온도가 쉽게 올라가지 않을 거예요."

바닷속을 잘 모르는 홍쓰는 해해의 말을 알아들을 수가 없었어. 하지만 해해는 싱긋 웃으며 바닷속으로 잠수해 들어갔지. 얼마 뒤 해해는 겨우 몇 가닥의 미역만 들고 나왔어.

"홍쓰 님! 어떡하죠? 이 앞바다 미역들이 이상해요."

미역은 크기가 아주 작고 한눈에 봐도 싱싱해 보이지 않았어.

"바닷물이 뜨거워지면서부터 미역이랑 다시마도 잘 자라지 않는다더니 진짜로 그런가 봐요."

모래만 문제가 있는 게 아니었나? 뜨거워진 바다 때문에 다른 문제도 있나 봐.

"그러면 어떻게 해야 하지?"

"제가 저쪽으로 가서 더 뜯어 와 볼게요."

해해는 좀 더 먼 바다까지 나아갔어. 한참동안 잠수해 이리저리 다니던 해해가 드디어 커다란 미역과 다시마를 잔뜩 가져왔지. 마치 넓적한 이불 같았어.

"홍쓰 님. 이걸 모래에 깔아 보세요."

홍쓰는 미역과 다시마를 거북이 알이 묻혀 있는 모래 주변에 열심히 깔았어. 그러는 동안 해해 역시 열심히 미역과 다시마를 따왔지. 둘은 처음부터 한 팀이었던 것처럼 손발이 척척 맞았어. 모래밭은 어느새 미역과 다시마 이불로 가득했어.

"어휴! 다했다."

홍쓰의 목소리에는 뿌듯함이 가득했어. 해해도 마찬가지였지.

"해해야. 해달들은 원래 너처럼 해초를 잘 아는 거니?"

"그럼요. 저희는 잠잘 때 미역이나 다시마를 몸에 둘둘 감고 자거든요. 물살이 세면 자다가 떠내려갈 수가 있어서요."

이 미역과 다시마가 해달들의 집이었던 거야. 집을 가져와 버렸으니, 앞으로 해달들은 어떻게 하지? 홍쓰는 걱정스런 표정으로 물었어.

"그러면 오늘부터 너는 어디에서 잘 거냐?"

"괜찮아요. 떠내려가지 않게 몸에 힘을 꼭 주고 자면 돼요."

해해는 늘 그렇듯 씩 웃었어. 홍쓰는 살짝 불안했지만 해해가 괜찮다고 하니 그런가 보다 하면서 집으로 돌아갔지.

하지만 늘 예상치 못한 일이 우리에게 일어나잖아. 홍쓰와 해해에게도 그랬어.

그날 밤 홍쓰가 자려고 누웠는데 갑자기 거센 바람이 불기 시작하는 거야.

"이런! 미역들이 다 날아가겠는데?"

홍쓰는 잠옷 차림에 비옷 하나만 걸치고는 모래밭으로 달려갔어. 역시나 미역과 다시마들이 바람에 이리저리 뒹굴고 있었어. 홍쓰는 이리 뛰고 저리 뛰고 하면서 그것들을 도로 깔았지. 정신 없이 일을 하던 홍쓰의 귀에 고함이 들려왔어.

"해해야! 무슨 짓을 한 거냐? 너 때문에 우리 해달 가족이 위험해졌어!"

놀란 홍쓰가 소리 나는 쪽을 돌아봤어. 해달 가족들이 모래밭 한쪽에서 해해를 심하게 꾸중하고 있었지. 홍쓰가 부리나케 그리로 달려갔어.

"아니. 무슨 일입니까?"

"홍쓰! 당신을 만나서 따지려고 했어요!"

"저를요? 왜요?"

"파도를 보세요. 이런 날에 바다 위에서 잠을
자면 우리는 모두 먼 바다까지 떠밀려간다고요.
그런데 바닷속에 미역과 다시마가 하나도 없잖아
요. 해해 말로는 바다거북 알을 지켜주려다가 이
렇게 됐다는데 그게 맞나요?"

홍쓰는 할 말이 없었어. 해달 가족들이 화가
날 만했어.

"아빠! 바다거북네 가족들이 완전히 사라질 수
도 있다는 것을 아빠도 신문에서 읽었잖아요."

"해해야. 우리도 살아야지. 너 때문에 우리 해
달이 바다거북보다 먼저 지구에서 사라지겠다!"

해달 아빠 목소리도 동시에 커졌어. 가족 싸움이 될 것 같아 홍쓰가 나섰지.

"미역이 다시 자랄 때까지 당분간 지낼 곳이 필요하신 거죠? 오늘은 비바람이 거세니 일단 우리 집으로 가시지요. 제가 좋은 집을 구해 드리겠습니다."

홍쓰는 전설의 공인중개사답게 해결책을 말했어.

"싫소. 육지에는 우리를 위협하는 적이 너무 많아요. 우리는 아무리 파도가 거세도 바다에서 자야 합니다."

해달 아빠는 홍쓰의 제안을 단칼에 거절했어. 그러자 해해가 눈치를 살피며 말했어.

"아빠! 저쪽에 다시마를 살짝 남겨 두었어요. 한 명만 다시마를 몸에 감고 나머지는 서로 손을 잡고 자면 어때요?”

"뭐라고? 그게 말이 되냐?”

"바다거북 알을 홍쓰 님만 지킬 수는 없어요. 우리도 같이 해요.”

"그건 그들이 알아서 해야지! 우리도 버티기 힘들다.”

"바다거북이 사라지면 그다음에 누가 없어질지 아무도 몰라요. 우리 해달 차례일 수도 있잖아요. 저는 친구들이 사라지는 게 싫어요! 다시는 못 보잖아요.”

어린 줄로만 알았던 해해가 자신의 의견을 분명히 밝히자, 모두가 놀라움을 감추지 못했지.

아빠 해달은 잠시 생각하는 듯 말이 없었어. 그리고 잠시 뒤 무겁게 입을 열었지.

"해해야. 친구들이 그렇게 좋니?”

"그럼요. 지난번에 헤엄을 치다가 초초를 만났는데 초초가 새우를 나눠 줬어요. 혼자 먹을 때보다 백배는 더 맛있었다고요."

해해의 얼굴을 뚫어지게 쳐다보던 아빠 해달이 한숨을 푹 쉬면서 말했어.

"그래, 알았다. 네 말대로 하자구나. 오늘 밤은 파도가 아주 거세니 다들 손을 꼭 잡고 자자."

아빠 해달은 가족들을 이끌고 파도가 치는 바다 쪽으로 향했어. 그러다 문득 뒤를 돌아 홍쓰를 힐끗 보더니 곧장 뛰어왔지. 그리고 배에 있는 주머니에서 돌들을 꺼내 홍쓰에게 내밀었어.

"홍쓰 씨! 미역과 다시마가 밤새 날아가 버리면 안 되니 이 돌로 눌러 놓으세요. 제가 조개를 부술 때 쓰는 돌인데 튼튼하고 아주 효과가 좋답니다."

아빠 해달이 건넨 돌은 체온에 데워져 따뜻했어. 아빠 해달의 마음이 고스란히 느껴졌지. 순간 홍쓰는 눈물이 쏟아질 것 같았어. 하지만 전설의 공인중개사답게 눈물을 꾹 참고 돌을 받았지.

다른 해달 가족들도 자신의 돌을 홍쓰에게 주었어. 그리고 서로의 손을 꼭 잡은 채, 천천히 바다로 헤엄쳐 들어갔어.

홍쓰는 그들의 뒷모습을 끝까지 보다가 다시 고개를 돌려 모래밭을 살펴봤지. 그리고 해달 가족이 주고 간 돌을 미역과 다시마 위에 올려 놓았지.

홍쓰는 이 모래밭의 비밀을 반드시 알아내겠다고 굳게 결심했어. 전설의 공인중개사 홍쓰는 불끈 주먹을 쥐며 노래를 흥얼거렸지.

♬ 두껍아 두껍아 헌 집 줄게. 새집 다오~

홍쓰의 노랫소리가 거센 바람을 뚫고 바다거북의 알에 조금씩 전달되고 있었어. 알들은 자장가처럼 그 노래를 들으며 좋은 꿈을 꾸었지.

시청자 여러분! 안녕하십니까? '정글 TV'의 부엉이 앵커입니다. 오늘은 아들이 태어나지 않아 큰 위기에 빠져 있던 바다거북 가족에게 기쁜 일이 생겼다는 소식을 전해 드리겠습니다. 지금 이 스튜디오에는 엄마 거북이 나와 있습니다. 엄마 거북과 이야기를 나눠 보겠습니다.

부엉이 축하드립니다. 이번에 얼마나 많은 아들이 태어난

겁니까?

엄마
거북 네. 정확히 50명의 아들이 태어났어요. 딸과 아들

모두 건강하고요.

부엉이 4년 만에 아들이 태어난 이유가 무엇인가요?

엄마 거북	바다거북은 알을 품은 모래의 온도로 딸과 아들이 정해진다는 사실을 저희도 이번에 처음 알게 되었어요. 모래 온도가 27도 이하면 아들, 31도 이상이면 딸로 태어난다는 것을요. 그러니까 그 중간인 29도 정도를 유지해야 딸과 아들이 비슷하게 태어날 건데요. 최근 4년간 조상 대대로 알을 낳았던 모래 온도가 31도를 넘어가면서 딸만 태어났던 것이죠. 저희도 몰랐던 이 사실을 홍쓰 님께서 수많은 연구 끝에 알려 주셨답니다.
부엉이	홍쓰 님이 정말 큰일을 하셨네요.
엄마 거북	맞아요. 홍쓰 님이 새로운 사실도 밝혀내셨어요. 바닷가 모래밭에 딱딱한 작은 것들이 많은데 그것을 미세 플라스틱이라고 부른다고 하더라고요. 모래에 섞인 미세 플라스틱이 많아지면 모래 온도가 더 높아진대요. 그래서 아기 거북이가 태어난 후에도 홍

쓰 님이 모래밭의 쓰레기와 미세 플라스틱을 열심히 청소하고 계신답니다.

부엉이 그렇군요. 정말 멋진 홍쓰 님이네요. 바다거북의 가족이 걱정 없이 살 수 있도록 모래밭의 온도가 낮아져야 할 텐데 말입니다.

엄마 거북 그러니까요. 저도 홍쓰 님과 함께 모래밭을 지키겠습니다. 이 뉴스를 보고 계시는 여러분도 함께해 주세요.

부엉이 인터뷰에 응해 주셔서 감사합니다. 내년에도 올해처럼 좋은 소식이 많았으면 좋겠습니다. 이상 정글 TV의 부엉이 앵커였습니다.

홍쓰의
연구실 이야기

홍쓰는 오늘도 바빠. 해해가 뜯어 온 미역과 다시마를 연구 중이거든.

"모래의 온도만 올라가고 있던 게 아니었어. 바다의 온도가 올라가면서 미역이나 다시마 같은 해초도 잘 자라지 못했던 거지."

홍쓰는 미역을 다시 살펴봤어. 줄기 몇 가닥이 위태롭게 자라 있었지. 예전에는 이 모래밭 앞 바다에도 커다란 미역이 숲처럼 자라 있었대. 하지만 미역과 다시마뿐만 아니라 감태, 모자반도 점점 사라지고 있다고 했어.

홍쓰는 신문을 보면서 바다 온도를 살펴봤어. 홍쓰가 사는 곳 주변 바다 온도가 2015년에는 18~19도 정도였는데, 요즘에는 21도를 넘긴 곳이 많았어.

　　"아이고! 나는 공인중개사인데 이제는 과학자 까지 해야 하다니."

　　구시렁대면서도 열심히 노트에 그래프를 그려 댔지. 말은 그렇게 했지만, 홍쓰는 계속해서 연구 하기로 마음먹었어. 고객들이 원하는 쾌적한 집 을 구해 주려면 늘 주변 환경을 살펴봐야 하거든. 홍쓰는 전설의 공인중개사니까.

　아이들이 어릴 적, 작은 삽과 양동이를 들고 바닷가에 자주 갔습니다. 아이들은 모래 위에 철퍼덕 주저앉아 모래성을 쌓으며 놀았지요. 그럴 때면 어김없이 이런 노래를 불렀습니다.

　"두껍아, 두껍아, 헌 집 줄게 새집 다오.

　두껍아, 두껍아, 물 길어 오너라. 너희 집 지어 줄게."

　노래를 부를 때마다 아이들은 두꺼비 집을 만든다며 모래 위에 한 손을 얹고 그 위에 모래를 눌러 다져 가며 쌓아 올렸습니다. 그리고 조심스럽게 손을 빼면, 마치 두꺼비가 살 것 같은 작은 구멍 집이 생겨났지요.

　그 모습을 무심코 바라보다가 문득 이런 생각이 들었습니다.

　'두꺼비는 혹시 동물들의 공인중개사가 아닐까?'

　생각은 꼬리를 물고 이어졌습니다. '두꺼비 공인중개사'는 집이 필요한 동물들을 위해 집을 찾아주는, 전설의 공인중개사 가문의 후손일지도 모른다는 상상이었지요.

　그러다 문득 '구한다'라는 말이 여러 뜻으로 쓰인다는 걸 떠올렸습니다. '집을 구한다'는 말은 '살 집을 찾는다'라는 뜻이지만, '생명을 구한다'는 말은 누군가를 위험에서 지켜 낸다는 의미가 되지요.

　그 순간 깨달았습니다. 동물들이 '집을 구하는 것'은 단순히 쉴 곳을 찾는 게 아니라, '생명을 지키기 위한 행동'이라는 것을

요. 서식지를 찾는 일은 자식을 낳고 살아갈 터전을 마련하는 일이기 때문입니다.

　이 책에 등장하는 공인중개사 홍쓰는 단지 집만 찾아주는 존재가 아닙니다. 기후 위기로 서식지를 잃어 가는 동물의 생명을 구해 주는 소중한 친구이지요. 때론 허세도 부리고 실수도 하지만, 결국 용기를 내어 친구들을 도우러 나서는 홍쓰의 모습은 우리가 지켜야 할 가치를 떠올리게 합니다.

　지금 지구는 기후 위기와 환경 파괴로 힘들어하고 있습니다. 동물들의 서식지는 점점 줄어들고, 살아갈 터전이 위협받고 있지요.

　어린이들이 '홍쓰'의 이야기를 통해 우리가 사는 '집', 그리고 우리가 함께 살아가는 '지구'에 대해 한 번 더 생각해 보면 좋겠습니다. 우리가 살아가는 집이 안전해지려면 자연이 안전해야 하고, 숲속 동물들의 집도 안전해야 합니다. 그런 지구를 만들기 위해서는 우리 모두의 관심과 노력이 필요하지요.

　마지막으로, 이 책을 읽는 모든 분께 공인중개사 홍쓰가 전하는 멋진 '복'이 가득하시길 빕니다. 행복과 용기가 넘치는 '복덕방' 같은 이야기로 다시 찾아뵙겠습니다.

홍쓰의 다음 활약이 몹시 궁금한
노수미 드림